도마에서 바다까지

오디오북 QR

도마에서 바다까지

글·그림 **정중식**

음원 QR 수록!

현실은 시궁창
새들의 응원가
시궁창에서 만난 새
살려주세요
썩은 나무
심해어

HCbooks

도마에서 바다까지

결핍의 블랙홀을 채워주는 즐거운 불편

현실적 피폐 속에서 고함 대신 휘파람을 불 것 같은 사람, 초라한 처지에서도 초라함이 아니라 으스댐을 피는 사람, 혹독한 야생을 사랑스럽게 극복해 가는 사람. 그 사람이 중식이고 그게 중식이밴드 음악의 정체성이다. 'N포세대'의 대변인임에도 절대 포기란 없다. 그 아이러니가 바로 일그러진 우리의 삶에서 나온다. 중식이는 그것을 직선적으로 끄집어내는데 그를 감싸는 세상은 그 '극사실주의'를 불편해한다.

중식이는 연약함을 감당할 수가 없지만, 그 감당이 안 되는 결핍의 블랙홀을 채울 수 있는 기재를, 3가지로 요약되는 그 조건들을 중식이는 다 가졌다. 먼저 위로와 용기의 음악을 듣는다, 아니 그는 만든다. 두 번째로 그는 성찰을 키우는 글 읽기를 한다, 아니 글을 쓴다. 마지막으로 그는 심지어 그림을 본다, 아니 그린다. 다채로운 능력이라고 쓰다듬어주는 얘기가 아니다. 그는 글을 읽어 머리를 채우고, 음악을 들어 가슴을 메우고, 그림을 그려 자아를 정리할 줄 아는 사람이라는 것을 말하기 위함이다.

경제력을 빼고는 모든 것을 갖춘, 이른바 삶의 질을 확보한 사람이라고 할까. 그의 풍요로운 삶의 방식을 한 권의 책으로 담아낸 것이 신간 <도마에서 바다까지>다. 음악동화라는 수식은 거기에 글, 그림, 음악이 다 들어있음을 가리킨다. 중식이밴드로서 새 음원을 내놓으면서 글도 쓰고 그림도 그린 것이다. 놀랍고 또한 부럽다.

가장 부러운 것은 물고기의 험한 여정 속에서도 희망을 잃지 않은 줄거리에 은유된 평생의 음악적 지향과 비전을 조금도 변함없이 유지하고 있는 그의 태도다. 솔직함으로 무장, 재무장을 거듭하기 때문이다. 그러니 체질이 허기임에도 그는 결코 배고프지 않다. 궁핍하게 살지 몰라도 정서적으로는 윤택하다. 대중의 인식 전환을 원하지, 대중적 인정을 애걸하지 않는다.

굉장히 재밌고 그림은 친근함을 더하며 음악은 여전한 '인디 블루스'를 취한다. 블루스는 흑인 노예의 고통에서 시작되었지만, 그들은 신음에 그치지 않고 거기에 희망을 불어넣었다. 중식이밴드의 플래카드다. 그의 적나라한 현실스케치는 불협화음이지만 막연한 긍정론과 대척이라서 통쾌하고, 잘난 사람들의 우울이 아니라 뒤처진 사람들의 해학이라서 와 닿는다. 심각한 타격을 가하면서도 우리를 어루만져준다. 이런 즐거운 불편을 어느 책에서도 접한 적이 없다.

임진모(음악평론가)

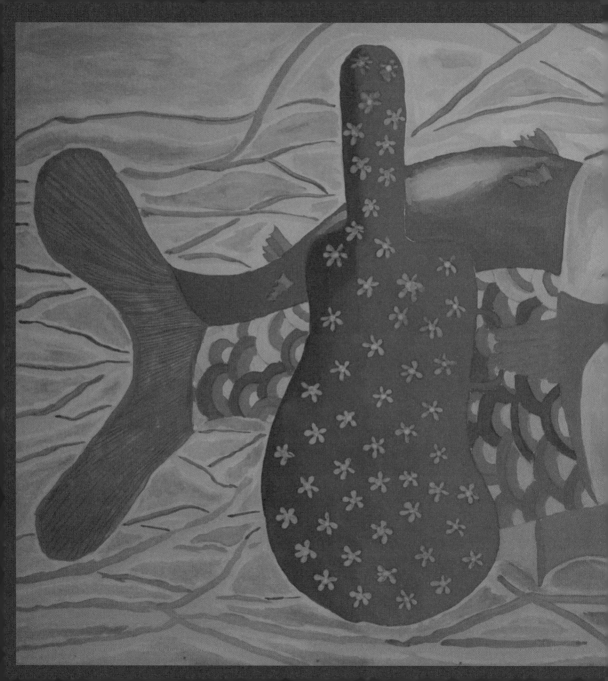

여는 글

무대 위 도마 위,
그 위에서 춤 추는 물고기—

날 선 회칼과 번뜩이는 칼날이
관중의 눈빛과 닮아있다.

매 순간이 아찔하다.
그 위에서 즐기기란 쉽지 않다.

설렘과 두려움,
도마 위에 오른 물고기의 마음일까?

무대 위에서도,
그 길로 향하는 길목에서도,
그 작은 무대에서 떨어져
더 큰물에서 놀기를 희망했다.

도마 위에서 춤 추다가
물고기는 몸을 던져 뛰어내렸다.
—
202409 중식이

도마에서 바다까지

팔딱팔딱.
온 힘을 다해 팔딱팔딱.
도마 위에 물고기가 춤을 춘다.
물고기는 몸을 던져 도마 위에서 뛰어내렸다.

쿵!

"옴마 깜짝이여!"

어두운 싱크대 밑에 쥐 한 마리가 깜짝 놀라
동그란 눈으로 나를 바라본다.

"저기 저, 죄송한데 길 좀 물어볼게요. 여기가 어디죠?"
"주방이유."

죽을힘을 다해 도마에서 벗어났지만
내가 도망친 곳은 결국 주방이었다.

"바다는 어디로 가야 하나요?"
"저기 저 하수구에 들어가 쭉 가다 보면 그 뭐시냐, 거 시궁창이 나와요."

이때였다.

쿵쿵쿵쿵!

저 멀리서 나를 죽이려던 인간의 발걸음 소리가
또다시 들리기 시작했다.
나는 성급히 쥐가 말해주었던 하수구로 팔딱팔딱
온 힘을 다해 하수구 구멍으로 향했다.

팔딱팔딱 팔딱팔딱.

하수구 구멍에 도달했다.
그러나 하수구 구멍은 내가 들어가기엔 너무 좁았다.

"저기… 제가 너무 뚱뚱해서 이 하수구에 들어갈 수가 없어요."
"오매 이 양반아! 죽기 싫으면 언능 들어가쇼. 저 인간한테 걸리면 자넨 바로 껍따구 벗겨서
초장 행인께."

나는 쥐를 바라보았다… 나는 기억한다.
그물에 갇힌 수많은 물고기 사이에서 압사당할 뻔했던 그때를.

"아따 뭣허요. 다시 도마 위로 올라갈랑가?"

나는 하수구에 머리를 들이밀었다.
허나 몸이 하수구 구멍으로 들어가진 않았다.
그래도 뒤에서 쥐가 나를 밀고 있었다.

"아~ 아악!"

온몸이 찢어지는 고통이 느껴졌다.
실제로 몸이 찢어지니 찢어지는 고통을 느낀 거였다.
하수구 속은 썩은 악취와 죽은 생선들의 뼈와 대가리,
더러운 오물들이 섞여 있었다.
내 몸은 찢어지며 오물들과 범벅이 되었다.

"으미, 만신창이가 댜부렀구먼… 몸이 아주 아작이 나 부렀소."

뒤따라 떠내려온 쥐가 말했다.

"움직일 수 있것소? 아직 시궁창까지는 길이 먼디…"

하수구 밑에는 물이 흘렀다.
나는 몸을 움직일 수 없었지만
물이 흐르는 방향으로 흘러갈 수는 있었다.

"또다시 좁은 구멍이 나와 불면 그 너덜거리는 몸은 필요없응께 띠버리고 갑시다.
좀 아플지는 몰라도 나가 뜯어줄 텐께 좀만 참으쇼잉."

쥐는 내 몸의 일부를 뜯어먹었다.

"아아아 아악 아아아~ 아악!"

쥐는 내 몸을 뜯어먹으며 말했다.

"자네 나 땜에 살았소… 고마운지 아시오… 그리고 나는 집쥐인께 다시 집으로 올라가야 한께 여기서부턴 혼자 가시오, 잘 가시오~"

나는 아무 말도 하지 않았다.
그저 쥐가 나를 다 먹기 전에 도망치고 싶었다.

나는 떠내려 가면서 수많은 쥐의 똥들을 보았다.
그리고 점점 쥐들이 보이기 시작했고
이내 수많은 쥐들이 모여들어
나를 보며 웅성거리기 시작했다.

"저것이 뭐시여? 저것이 뭐당가?"
"뭔디? 아따 저거시 뭐여?"
"살아있어? 오매 살아 있네!"
"옴마마… 살다살다 살아있는 물고기를 보네."
"암만 내가 하수구 쥐라 혀도 저건 뭔가 이상혀. 저건 줘도 안 먹는단께."
"나는 먹을 껴."
"나도 먹을 껴."
"자네들 살아있는 거슬 먹어본 적이 있당가?"
"그란 적은 없제…"

이제 이 쥐들에게 잡아먹히겠구나…
차라리 도마 위에서 죽어버릴 걸…
후회했다.

그중 가장 큰 쥐가 나타나자 다들 조용해졌다.
큰 쥐는 내 앞으로 걸어와 나에게 말했다.

"나가 살아생전 살아있는 물고기는 한 번도 본 적이 없는디… 어떻게 살아서 여까지 왔는가?"

나는 말하려고 했다.

"저는 도마에서 뛰어!?"
"입 다물여!"

큰 쥐는 자기가 먼저 물어봐 놓고 내 입을 막았다.

"너는 바다로 돌아가고 싶어서 도마에서 뛰어내렸을 것이여…"
"네 맞아요!"
"너는 싱크대 밑 하수구 구녕으로 쥐새끼맨키로 쩌짝에서 요짝으로 온 것이제? 그라고 너의 그 찢어진 몸뚱이는 구멍 싸이즈가 니 몸뚱이보다 작아가꼬 생긴 것이고?"
"네 맞아요!"

큰 쥐는 마치 점쟁이처럼 나의 모든 일
을 단번에 알아보았다.

"주방에서 집쥐를 만났어요. 집쥐가 하
수구를 지나면 시궁창이 나올 거랬어
요."

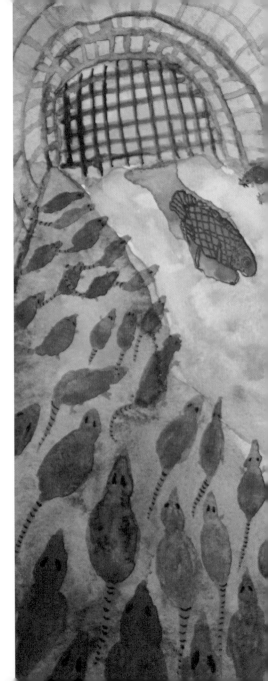

쥐들이 말했다.

"집쥐는 양아치여. 잡히면 확 쌔려부러."
"아따 집쥐쌔끼는 지가 먹고 남은 거슬 주서먹는다고 우릴 무시 한단께."

내가 말했다.

"집쥐가 나도 뜯어 먹었어요."

한 쥐가 말했다.

"나는 집쥐가 먹다 남은 거슨 이제 안 먹을 거여. 나으 자존심에 스크래치가 나 부러."

다른 쥐가 말했다.

"뭔 소리여? 그라믄 너는 먹지 말아 부러. 나는 먹을 꺼. 행님, 쩌 물고기 쌔끼 확 먹어불죠…"
"그라요. 배고픈께 먹어불죠."
"아따 그라믄 너는 자존심도 없냐? 집쥐가 먹다 버린 걸 그지맹키로 주서먹겠 다는 말이여?"
"그란디 이 자슥이. 나가 너보다 2살이나 많은디 말을 막 놔 부러?"

쥐들은 배고픈께 먹어불자와 줘도 안 먹어로 분열되어 서로 싸우기 시작했다.
나는 눈물이 나서 소리내어 엉엉 울었다.
사실 울음을 터트린 이유는 쥐들에게 동정을 얻기 위함이었다.

"어어엉어엉 엉아앙와오아 콜록콜록!"

큰 쥐가 말했다.

"입 다물여!"

하수구는 순식간에 조용해졌다.

"나가 꼬맹이 코 흘릴 적에 고양이한테 잡힌 적이 있는디… 아무리 도망쳐도 이 고양이 갸세 끼가 허배 빨라 부러가꼬 계속 잡히는 거여… 근디 이 시끼가 계속 잡았다가 놔줘불고, 잡았 다가 또 놔줘불고, 그래서 나가 힘이 다 빠져부러 가꼬 오메… 난 이제 죽었구나… 혔는디…"

하고 뜸을 들이자, 동생 쥐들이 일제히

"혔는디??"
"아, 혔는디!! 말 좀 빨리 하쇼잉. 속 뒤집어진께."
"죽은 척했제…"
"잘혔네, 잘혔어라… 죽은 척이 답이제…"
"(일제히) 그라제!"

큰 쥐가 말했다.

"근디… 이 시끼가 암만 눈을 감고 있어도 나를 물질 않는 거여… 혹시 가부렀는가… 허고 실눈을 떠 봤는디… 앞에서 눈 땡그라니 꼬나보고 있더라고…"

동생 쥐가 말했다.

"오매~! 살 떨려부러. 그래서 어찌 되었소?"
"아따 성님, 뜸 들이지 말고 언능 말해보쇼."
"그래서 나가 고양이한테 물었제… 아따 와 그란데요? 나 좀 괴롭히지 말고 은능 잡아드쇼. 그랬더니… 고양이가 뭐란 줄 아냐?"

"뭐랐는디요?"
"나는 살아있는 건 안 묵어."

쥐들은 감탄을 금치 않았다.
"오매", "워대워대" 하는 탄성이 들렸다.

"참말이여라? 성님, 하늘이 살렸소…"

"우리 큰성님 인생 스토리는 정말 스펙타클허요. 아주 기가 막혀부는구
먼."

큰 쥐는 나에게 더 가까이 와 울고 있는 내게 말했다.

"어이 아가… 시끄러운께 그만 울고 '팔마일'이란 영화 봤으? 뭐 못 봤
것제… 그 영화를 보믄 주인공 에미넴이 이런 말을 혔어… '현실은 시
궁창이다.' 이 말인즉슨…에미넴은 시궁창까진 도달헌 거여… 자네는
아직 시궁창에도 도달혀지 못혔어… 나가 살아서 여까지 온 물고기는
본 적이 읍서. 자네가 처음이여."

큰 쥐와 쥐 무리가 나를 지긋이 바라보았다.
그 눈빛에 측은함과 함께 뭔지 모를 뜨거움이 느껴졌다.
큰 쥐가 말했다.

"자네는 시궁창으로 가야 혀. 오메… 근디… 그대 몸이 다 찢어져서 혼

자서 거까진 갈 순 없것제… 괜자녀. 아무 걱정마러… 나가 느를……"

쥐들이 큰 쥐를 보았다.

"아니, 우들이 느를 시궁창까지 델다 줄 것인께."

쥐들이 모여 일제히 나를 들어 올렸다.
상처 부위가 아플까 조심스레 나를 든 채
하수구를 질주하고 있었다.
선두에서 큰 쥐가 나에게 큰 소리로 말하며 앞으로 달렸다.

"자네는 물고기인께 물이 깊어도 상관없것제?"
"네!"
"시궁창 다음이 뭔지 아는가?"
"몰라요!"
"호수여! 글고 호수를 지나면 또 뭐가 나오는지 아는가?"
"몰라요!"
"폭포가 나오제. 폭포를 지나면 강이여.
강 끝엔 항상 바다가 기다리고 있어."

몸은 움직일 수 없었고 아팠지만 고마움에 희망이 생겼다

"여서부턴 우린 못 간께 조심히 가야 혀.
잘 가게, 물고기.
살아있는 물고기와 말할 수 있어 좋았네.
꼭 살아서 바다에 가게. 죽어도 바다에서 죽어부러.
"아따 형님, 꼭 재수 없는 소릴 한다요."

쥐들은 높은 하수구에서 시궁창으로 나를 밀어 떨어뜨렸다.
쥐들은 서로 물었다…

"성님! 성님은 바다를 본 적 있소?"
"……"

큰 쥐는 물고기가 떠내려가는 모습을 바라볼 뿐
아무 말도
하지 않았다.

현실은 시궁창

—중식이

이 맘이 만약 바다였다면
이 안에 널 품었을 텐데
이 속은 이미 불덩이처럼
활활 활활 불타고 있네.

헤엄칠 수 있을까?
찢어진 몸으로
살아갈 수 있을까?
그럴 의지는 있을까?

견딜 수 있을까?
그럴 용기는 있을까?
갈 수 있을까?
아니 꼭 가야만 하는가?

이 맘이 만약 바다였다면
떠나는 널 잡았을 텐데
속 좁은 나는 소인배라서
틸틸 틸틸 담을 수 없나 봐.

내 안에 널 가둬두려면

너와 함께 떠나야 했네, 모든 걸 버리고.
이 맘에 네가 들어있다면
내 안에 열정은 모두 식어버렸겠지.
나는 너를 잡아 둘 용기가 없었네.

현실은 시궁창

얼마나 떠내려왔을까?
아무것도 보이지 않았고
뿌연 물속에 나는 혼자였다

여긴 아무도 아무것도 없었다.

생기가 없는 검은 물속에서 나는 맛도 빛도
아무것도 볼 수도 느낄 수도 없었다.

나는 어디로 떠내려가고 있을까?

언제까지 이 길에 이 미동도 없는 물살에 몸을 맡긴 체
삶을 진행해야 하는가?

내가 할 수 있는 것이라곤…
아주 조금 움직일 수 있는 내 꼬리
움직일 때마다 찌릿찌릿 몸이 아프지만 꾸준히 꾸준히
꼬리를 흔들어 앞으로 나아감을 느낀다.
숨을 쉬려고 마신 물은 목구멍을 넘김과 동시에

찢어진 배에서 다시 튀어나오고 있었다.

아무것도 들리지 않아
아무것도 보이지 않아
아무 맛도 느껴지지 않아
어딜 가고 있는지도
지금 내가 할 수 있는 것이라고는
오로지 생각뿐이다.
생각…?
나는 누구 였지?
나는 과연 물고기였나?

얼마나 더 가야 나는 바다에 다다를까?
그 힘차게 물살을 차고 수영하던 그때의 내가…
진짜 실제 있었던 기억인가?

나도 살아있었다.
먹고 마시고 즐기고 행복했고 웃고 울고 취하고 싸우고
미워하고 사랑하고 반대하고 찬성하고 동의하고
만지고 물고 때리고 내가 했던 나의 모든 행위들,
그것은 과연 실존 했던 것인가?

그것은 꿈이 아니었을까?

아니… 과연 지금 나는 존재하고 있는가?
그렇다면 내가 존재하는 증거는 어디에 있지?

나를 도와줬던 쥐들이 나를 기억할까?

그들은 내가 존재했다는 것을 증명해 줄 수 있을까?
누구에게? 누구에게 증명하지?

내가 존재했다는 것이 왜 중요하지?
엄마… 아빠…

나는 존재한 적이 없는 게 아닐까?
이런 생각들로 내 마음은 점점 조급해졌다.
내 과거와 지금 이 모든 것이 망상인가에 대한 두려움이
내 온몸을 휘감고 있었다.
나는 이미 죽은 것이 아닐까?

그리고 하늘에서 무언가가 느껴졌다.
등 위로 하늘의 허공에 느껴지는 무언가가
내 모든 신경을 건드렸다.

꼬리 끝이 찌릿찌릿 상처 부위가 아려왔다.
나는 따라오는 저게 무엇인지 알 것 같았다.

도마 위에서 느꼈던 칼날을 처음 봤던 그 무서움,
죽음이라는 공포심이 엄습해 왔다.

악취와 오물들 때문에 무뎌졌던 냄새도 물맛도
도망치고 싶은 마음 때문인지 다시 살아나기 시작했다.

아무도 없는 조용한 이곳에 내 심장 소리가 울려 퍼진다…
아무 소리도 들리지 않았다. 오로지 내 심장 소리만 들릴 뿐이었다.

심장 소리??

귀에는 심장 소리뿐만 아니라 하수구에 오물들이 흐르는 소리와
주변의 새소리도 들렸다.

아… 아직 난 살아있구나…
아직 살려고 내 심장과 꼬리는 움직이고 있구나…

어떻게든 살아보려고 이렇게 생각하고 있는 것처럼

그래, 나는…머지않아 죽겠지…

하늘의 저 뭔지 모를 것은 나를 향해 다가오고 있는 죽음이다.
난 너무 많은 피를 흘렸고…
이 시궁창 속 수중에는 산소도 얼마 없다…
당연한 거다…

난 여기에 조금만 더 고립되면 죽는다…

어떻게 살아야 하나?
어떻게 살아남을 수 있나?
뭘 어떻게 해야 하지?
가라앉고 있는데?
난 지느러미가 없는데…
물을 찰 수가 없는데…

몸을 흔들어 힘을 내보았다.
온몸이 아팠다.
하지만 죽는 것보단 낫겠지.

난 이를 악물고
도마 위에서 팔딱거렸던 것처럼 춤을 췄다.
시궁창 위에 둥둥 떠 있는 쓰레기들 사이에서
춤을 췄다.
귀에는 하수구의 물소리와 새들의 노랫소리가 날 응원하는 것만 같았다.

새들의 응원가

—중식이

그대 마음은 어디에 있나요?
그 머리로 뭔 생각을 하나요?
본인이 원하는 게 뭔지는 아나요?
모르겠죠, 뭘 해야 하는지?

물 만난 물고기처럼 생각해 봐요.
적어도 그대는 물속에 있어요.
그대 마음속에 길이 있어요.
잘 가요.

우리의 노래에 맞춰 춤을 춰봐요.
우리는 물고기 춤을 보고 싶어요.
언제는 그대가 춤을 잘 췄었나요?
나를 믿고 몸부림쳐 봐요.

물고긴 머리가 똑똑하지 않아요.
그 머리로 고민하지 말아요.
이제는 움직여요, 증명을 해봐요.
어서요.

그대의 여행은 이미 시작됐어요.
그대의 용기는 정말 대단했어요.
운명은 당신을 죽일 수 없었죠.
도마 위에서 여기로 날아 왔죠.

물 만난 물고기처럼 생각해 봐요.
적어도 그대는 물속에 있어요.
물 만난 물고기처럼 행동해 봐요.
잘 가요.

하수도를 지나가
시궁창을 지나가
시냇물을 지나가
저수지를 지나가

바다가 보이면
너도 잠들 수 있어.
바다에 들어가면
편히 쉴 수 있을 거야.

시궁창에서 만난 새

노랫소리에 잠이 쏟아지기 시작했다.
안돼 정신을 잃으면 깨지 못할 거야…

나는 허공에 대고 소리쳤다.

"제발 그만 좀 따라오쇼.
언젠가 모든 것은 죽는답디다…
근디… 지금은 아니여."

"나가 살아보것다고, 이렇코롬 내 심장이 두근거리고,
나는 이 똥물에서 춤을 추고 있소…"

"다 찢어진 몸뚱어리를 하수구의 쥐들이 여까지 이끌어 줬는디…"

"난 살아야 할 의무가 있소.
아따, 죽어도 바다에서 죽어야 혀…"

"나가 죽어도 바다에서 죽을랑께…
아따, 그만 좀 따라오쇼!"

시궁창은 새소리와 물소리만 들릴 뿐 조용했다…

시궁창 위에 떠 있는 타이어 위에서 새 한 마리가 고개를 갸우뚱거리며
나를 바라보고 있었다.

"살아있니?"

한참 새를 바라보았다…

"죽었니?"
"살아… 살아있어요."
"아~ 살아있구나!"

나는 재빨리 말했다.

"쥐… 쥐들은 살아있는 건 안 먹는데요."

새에게 잡아먹힐까 봐 한 말이었다.

"오호! 기래? 나는 죽은 걸 아이 먹는데."

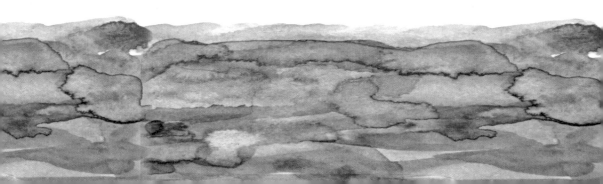

공포심에 나의 심장 소리가 더더욱 커졌다.

'두근두근 두근두근'

"아새끼! 심장 소리, 거 천둥 같구나! 내래 저 하수구녕에서 나온 거이 살아있는 거슨 처음 봐쓰. 저 하수구녕에서리 나온 거이 다 죽은 것뿐 이었는데… 여태껏 허기가 져서리 욕봤어."

다급해졌다. 새가 금방이라도 잡아먹을 것처럼 입을 벌리고 다가왔다. 급한 맘에 거짓말을 했다.

"안 돼요. 저는 독이 있어요. 저를 먹으면 금방 죽을 거예요."

잠시 멈춘 새가 웃으며 말했다.

"엊그저께도 내래 뱀을 잡아먹었어. 아새끼, 머리 굴리지 말라."
"물고기 독은 뱀과 차원이 달라요."
"후라이까지 말라. 내래 바다를 건너옴서 물고기는 수도 없이 먹있디. 내래 물고기 박사야."

바다라는 말에 내 눈이 휘둥그레졌다.

"바다요? 바다를 어떻게 가는지 아세요? 저, 바다에 가야 해요."
"바다는 여기서 아주 멀디… 한참 날아왔어… 자꾸 말 걸지 말라. 미안

하디만서도 자비란 없어… 내래 살려며는 뭐라도 먹어야디.”

“그… 그럼, 바다에서 절 드세요. 큰 쥐가 죽어도 바다에서 죽으라고 했어요.”

“쥐? 쥐새끼가 있니?”

“네. 하수구 안에 수도 없이 많아요. 하수구 쥐들이 나를 여기로 보내줬어요.”

“이 물고기 아새끼래 이야기 지어내는 거이… 살라면은 뭔 말을 못 하디? 쥐들이 왜 너를 잡아먹디 않았디? 혹시 진짜 독이 있는 건 아니 갔디?”

“큰 쥐가 말했어요. ‘나는 살아있는 건 안 묵어’라고.”

새가 뭔가 의미심장한 눈으로 나를 바라보았다.

“쥐새끼들이 살아있는 건 안 먹는다… 너를 여기까지 옮겨줬다?”

새는 담배 한 개비를 꺼내 물고 성냥으로 불을 붙였다.

“내래 이 땅에 올 적에 식구들과 함께 바다를 건넜디. 기칸데 육지에 닿자마자 괭이 새끼가 우리 식구들을 다 물어 죽였어.”

“……”

“바다는 너무 넓어서 오는 동안 힘이 다 빠져버려서 괭이 새끼한테 저항할 수도 도망틸 힘도 없었디.”

“……”

“아바지랑 오마이는 나를 살리려 필사적으로 괭이와 싸우다 죽었고, 오

르바니는 다시 바다로 도망티다 (담배를 한번 빨고) 물고기 밥이 되었
갔디…"
"……"
"이 시궁창에서 살아있는 것은 너와 나뿐이구나…"

새가 슬픈 얼굴로 말했다.

"미안하지만서도… 내래도 살라며는 널 먹어야 하지 않갔니?"
"고양이는 살아있는 건 안 먹는다고 큰 쥐가 그랬어요."
"쓸데없는 얘기 하지 말라. 괭이 새끼들이 먹으려고 죽이는지 아네? 움
직이는 거슬 물어 죽이는 거이 괭이들의 습성이디."

새는 담배를 한 모금을 빨아 한숨과 함께 연기를 뿜으며
이렇게 말했다.

"너 내래 어찌 살아남았는지 아네?"
"…몰라요."
"내래 비겁하게 식구들이 다 죽어가도 혼자 죽은 척했디… 아직도 이
머릿속에 오마이 비명소리가 떠나질 않아."
"미안해요… 하지만 큰 쥐가 말했어요."

나는 큰 쥐가 해 주었던 고양이와의 일화를 얘기해 주었다.
그러자 새는 호탕하게 웃으며 말했다.

"그 쥐새끼래 아주 영특한 쥐새끼군 기래. 하하하. 기래, 좋다. 내래 그 쥐 아새끼맹키로 살아
있는 거슬 잡아먹지 않갔어. 너 어디까지 가고 싶다 했네?"
"바다요."
"길티! 바다고 산이고 내래 널 데려다 주갔어!"
"저… 저를 잡아먹는 거 아니죠?"
"아새끼, 의심하지 말라!! 긴말할 거 없디. 맘 변하기 전에 내 주둥아리 꽉 잡으라우."

새는 나를 물고 크게 날개를 휘휘 젓더니 공중으로 올랐다.
내가 있던 시궁창이 작아지더니 금세 보이지도 않았다.

시궁창에서 만난 새

—중식이

시궁창에서 만난 새 한 마리가
너는 살아있냐고 물었다.
아직까지는 내 심장이
두근대고 있다 말했다.

나는 살아있는가?
존재하고 있는가?
실체하고 있다 증명할 수 있는가?
장담할 수 있는가?
의심한 적 없는가? 이 순간을
현실이라 확신할 수 있는가?

지금껏 살아온 기억들
존재한 적 없는 상상들이 아닐까?
애초에 난 없던 게 아닐까?
나는 과연 살아있는가?

시궁창에서 만난 새 한 마리가
너는 살아있냐고 물었다.

지금까지의 내 인생은
죽어있었다고 말했다.

고양이를 만나다

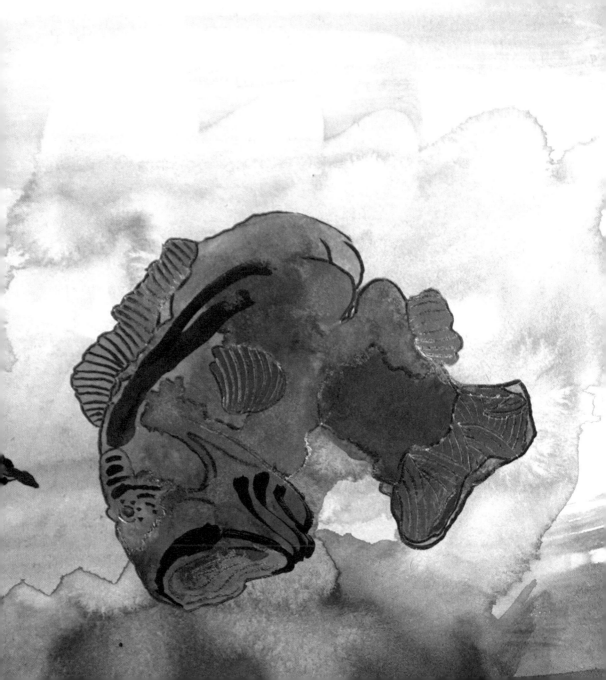

나는 처음으로 태양의 눈빛을 보았다.
그 눈빛이 나를 매섭게 째려봐서인지 뜨거웠다.
스쳐 지나가는 바람도 내 입과 찢어진 뱃속과
내 몸에 물을 뺏어가 나를 바싹 마르게 했다.

내가 하늘을 날면서 알게 된 점은
하늘엔 물기가 없다는 것이다.

나는 허파가 말라 쉰 소리로 말했다…

"물…"

바람을 가르는 소리 때문인지… 새에게 들리지 않았나?

아무리 소리쳐도 새는 거세게 날아갔다.

나는 몸을 흔들어 나의 상태를 전달하려 했다.
새는 나를 물고 있어 말을 하지 못했다.
나는 더욱더 격렬하게 몸을 흔들었다.

새는 나의 몸을 부리로 지탱하지 못해 떨어뜨리고 말았다.
떨어지는 나와 새의 눈이 마주쳤다.
새가 나의 상태를 이해했는지 모르겠지만
우린 서로 눈이 마주쳤다.

날아가는 느낌과 떨어지는 느낌은
별로 다를 게 없었다.

떨어짐은 그리 오래 걸리지 않았다.
나는 수많은 나뭇가지에 긁혔다.

내 몸의 비늘들이 털어져 나가며
어느 나뭇가지에 아가미가 걸려버렸다.

그대로 잠이 들었다.

꿈속에서 고양이를 만났다.
고양이는 동그란 눈으로 나에게 말했다.

"고양이에게 생선을 맡기면 니 우예 되는지 아나?"
"몰라요."
"그르릉그르릉 소리를 내제…"
"그건 왜 그런 거죠?"
"좋아가꼬… 고양이는 생선을 억수로 좋아해."
"고양이는 살아있는 건 안 먹는다면서요…?"
"그르니까… 목숨 줄 단디 잡고 있으라. 살아있어야… 안 잡아먹힌다."

"아프나?"

"네 너무 아파요. 이제 그만하고 싶어요. 인제 그만 좀 죽어버렸으면 좋겠어요."

"거의 다 왔다… 쪼매 더 참아라. 살아볼라꼬 막 애를 쓰다 보면 다 살아져…"

"아가미가 부러진 거 같아요. 허파가 말라 숨쉬기도 힘들고 나뭇가지에 걸려서 움직일 수가 없어요."

"찡찡거리지 마라. 니 잘하는 거 있잖아? 도마 위에서 뛰어내렸던 거 맹키로 팔딱팔딱 움직이라."

나는 그 말에 정말 악이 받쳤다.

"운명에도 신이 있다면, 그게 당신이라면 내 말 좀 하입시다!"

"……"

"진짜 너무 좆같아요. 씨발, 내 인생은 너무 좆같아요!"

"……"

나 좀 그만 가지고 놀고 한 방에 죽여 버려라. 씨발새끼야!"

고양이는 조용히 내 욕을 다 듣고,

"아직 살아있네."

라고 말하더니 뒤돌아 사라졌다.

눈을 떴을 때 나는 너무 화가 났다…
얼마나 더 참아야 하는가?
몸을 부르르 떨며 나는 꿈속의 고양이에게
악이 받쳐 팔딱팔딱,
온 힘을 다해 팔딱팔딱…
가지에 걸린 부러진 아가미에서 통증이 느껴졌다.
나는 허파가 말라 비명도 지르지 못했다.

'팔딱팔딱 팔딱팔딱'

내 몸부림에 나는 나무에서 떨어졌다.
그리 높지 않은 나무에 걸려있었는지 나는 땅에 처박혀
팔딱거리다 흙투성이가 되었다.

하지만 말라 있는 나는 숨 쉴 수 없었다.
난 또다시 머리가 멍해지며 망상에 빠지기 시작한다.
……
난 절망에 빠지지 않기 위해 또다시 소리에 집중했다.
하지만 심장 소리도 점차 들리지 않았다.
속으로 '씨발씨발'을 외쳤다.

드디어 나는 완전히 죽은 거 같았다.

툭… 툭…툭…

하나둘씩 나뭇가지, 나뭇잎, 흙이 소리를 내기 시작했다.
비가 오는 소리였다.
내 몸은 축축하게 젖어 들기 시작했다.
드디어 숨이 쉬어진다.
나는 아직도 살아있다.

빗소리가 웅장하게 숲을 적신다.
천둥소리가 꽈광 치기 시작했고,
운명의 신이 나의 욕을 듣고 화를 내고 있었고,
빗물에 흐름이 모여들어
물살이 느껴졌다.

물살이 조금씩 거세지며
나는 흘러 내려가기 시작했다.
내 삶이 흘러가기 시작한 것이다.

뿌옇게 한 치 앞도 볼 수 없는 흙탕물 속으로
나는 떠내려갔다.

썩은 나무들과 나뭇잎들 사이에
내가 저기 저 떠내려가는
썩은 나무와 다를 게 뭐가 있나?
이리 치이면 이리 치이고 저리 치이면 저리 치이는,
그저 물이 가자는 데로 떠내려가고 있는 내 삶,
내 의지와는 상관없이 흐르는 대로 흘러가는 나.

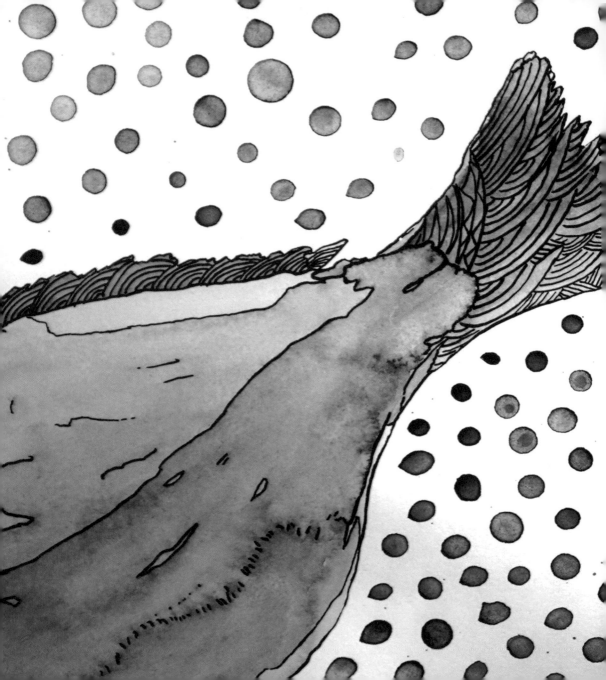

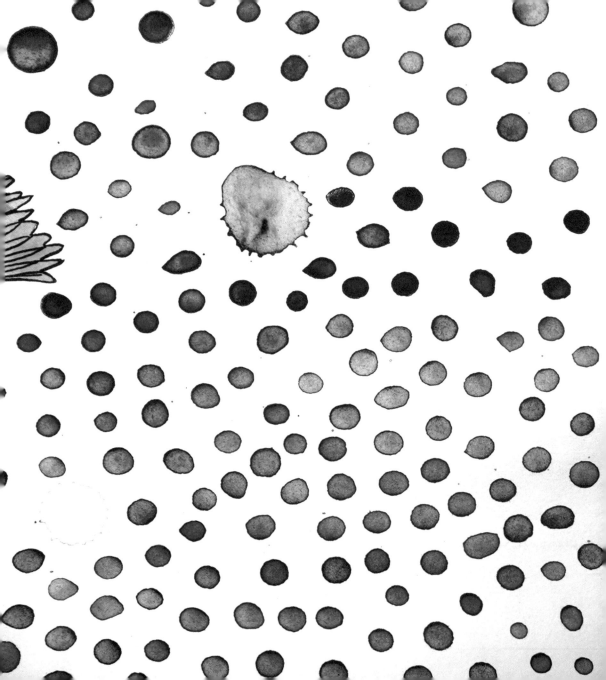

삶이란 이런 것인가?

내 마음대로 되는 것은 하나도 없는 것인가?
이런 생각들로 나는 더 화가 치밀어 올랐다.

"야, 이 씨발 새끼야! 날 죽여라! 어서 날 한방에 팍 보내버리라고!"

바위에 부딪혀 머리가 깨졌다.
죽을 때가 다 되었는지 이젠 아프지도 않았고
아직도 흐를 피가 남았는지 피가 철철 흘렀다.

"이것밖에 안 되냐? 어서 내 몸을 으깨버리란 말이야! 죽여! 죽이라고!"

물살은 점점 더 빨라졌고
나는 물속에서 '씨발새끼야'를 외치며
한참 성을 내며 떠내려갔다…

거친 물살에 몸에 붙어있던 더러운 흙들과 오물들이 씻겨 내려가고
몸 구석구석에 감각이 돌아오고 있었다.

물은 점점 맑아졌고
깊어짐을 느끼는 곳에 다다르자, 물살의 행진도 멈추었다.
큰물에 다다르자
다른 물고기들이 또렷하게 보이기 시작했다.
물고기들에게 다가갔다.

"저기 길 좀 물…"

다른 물고기들은 내 상처가 무서운지 나를 보자마자 다들 도망쳤다.

터진 머리와 찢어진 배, 너덜거리는 지느러미…
내가 봐도 무서운 몰골이었지만
기분이 좋았다.
왜냐면… 그 뭐랄까?

나를 잡아먹을 수도 있다고 생각되는 포식자들만 지금껏 만나 오다가
오히려 나를 무서워하는 이 느낌에 나쁘지 않은 안정감이 들었다.

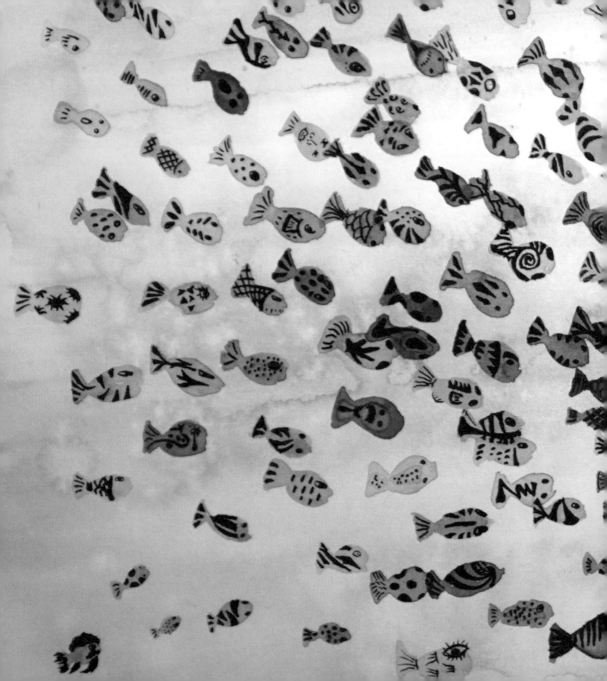

통증도 조금씩 느껴지며 몸이 치유되는 것 같았다.
움직일 수 없었던 꼬리를 살랑살랑 흔들며 앞으로 나아가다 보니
배가 고프다는 걸 알게 되었다.

배가 고프다…
허나 물을 마셔도 목마름이 가시지는 않았다.
배가 찢어져서 마신 물이 고스란히 밖으로 빠져나갔기 때문이다.
그렇구나… 나는 바다에 도달한다고 해도 죽겠구나…

나는 죽는 거구나…

아니야.
내가 바다에 도달한다면
짠물이 나의 몸을 소독해 줄 거야.
터진 머리도 찢어진 배도 아물고
꼬리도 지느러미도 다시 자라날 거야.
그러기 전에 뭔갈 먹어야 해.
먹어야 산다…

헌데… 지금껏 나를 살려주었던 큰 쥐의 신념처럼,
움직이라는 고양이의 말처럼,
새의 자비처럼,

나도 살아있는 건 먹지 않을 거야.

나는 살아있지 않은 것을 찾기 시작했다.

그리고,

살아있지 않은 물고기를 발견했다.
뭔가 이상해 보이는 물속에 홀로 서있는 물고기.

나는 왜 그랬을까?

그 물고기가 참으로 이상하다는 것을 알았지만
배고픔을 못 참고 이상한 물고기를 덥석 물었다.

살려주세요

—중식이

하늘이 죽어서 녹아 내려와
차분히 길에 누워서 하늘을 본다.
눈물인지 빗물이지 아지랭인지
눈앞이 점점 어두워 겁이 납니다.

날 제발 살려주세요.
다급한 마음이 날 끌어안아요.
뜨거운 눈빛들이 나를 보네요.
그 눈빛을 보니 난 죽은 것 같네요.

내 옆에 앉아 울고 있는 여자가 있죠.
눈을 떠서 바라보니 어머니네요.
오랜만에 가족들이 모두 모였죠.
난 지켜야 할 가족이 있는데

날 제발 살려주세요.
난 가기 싫어요, 제가 잘못했어요.
바닷물이 너무 차네요.
아프진 않아요, 다만 죽을 것 같네요.

그때는 어려서 잘 몰랐는데요,
이제는 알아도 모른 척할래요.
조용히 가만히 얌전히 살래요.
세상에 한번 데여서 겁이 납니다.

어서 나를 살려주세요.
나의 목소리가 닿지 않나요.
난 아직 가기 싫어요.
난 아직 어려요.

내 옆에 앉아 울고 있는 여자가 있죠.
눈을 떠서 바라보니 어머니네요.
부모님께 효도 한 번 한 적도 없죠.
엄마한테 사랑한다 말한 적 없죠

날 제발 살려주세요.
난 가기 싫어요, 제가 잘못했어요.
바닷물이 너무 차네요.
아프진 않아요, 다만 죽을 것 같네요.

썩은 나무

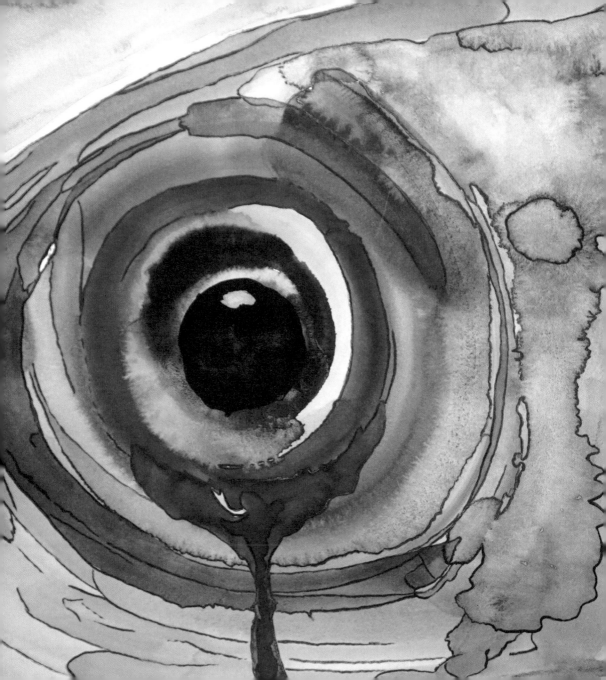

나는 낚시를 좋아한다.

낚시 자체를 좋아한다기보다
낚시하고 있는 시간이 좋기 때문이다.

낚시하는 동안 조급한 마음이 사라진다.
오로지 낚싯대 바늘을 물고 당기는 물고기의 입질에만
신경을 쓰고 있으니 불안함도 없다.

쌓여있는 빚도,
떠나간 그녀도,
나를 미워하는 사람들도,
언제까지 무작정 돈을 벌어야 하는 압박감도
없어지기 때문이다.

나는 노래를 만들고 부르는 일을 하고 있었다.
뭔가를 떠올리고 글을 쓰고 축소해서 어감과 운율에 맞게
멜로디를 만들어가는…

노래를 만드는 일엔 몰두하기 위한 여유라는 것이 필요한데…
초반엔 한가하게 낚시나 할 때가 아닌데…라는 감정이 들지만
가끔 오는 입질에 그 모든 게 잊힌다.
강제로 여유롭다는
자기최면을 걸어주는 것이다.

홀로 물가에 뭔가 잡을 수 있을 거란 희망도
애초에 물고기가 있을 거란 기대도 없이 멍하니 앉아 있었다.

낚싯대를 던져 놓은 지 한 시간쯤 지났을까?
입질이 시작되었다.

입질은 그리 강하진 않았지만
낚싯줄을 타고 전해지는 떨림은

이상하게도 '물고기의 필사적임'이라는 것이 느껴지지 않았다.

그저 물이 흐르는 대로 떠내려가던 것이
바늘을 물었다기보단
걸려버린 나뭇가지 같은 느낌이었다…
허나
살아있음이, 부들거림이 느껴졌다.
그것은 '팔딱팔딱'이라기보단
'부들부들'에 가까웠다.

그리고 물고기의 형상이 보일 즈음엔
너덜너덜한 상처투성이의 찢어진 물고기가 올라왔다.

바늘은 입안에서 눈을 뚫고 튀어나와
피가 흐르고 있었고,

배는 찢어져 있었으며
지느러미와 꼬리도 뜯겨 있었다.
손으로 잡았을 땐 미세한 떨림이 느껴졌다.

뚫어진 바늘을 뽑으려면 어쩔 수 없이
눈알이 뭉개질 수밖에 없었다.

바늘을 뽑는 동안 찢어진 물고기는
온몸을 부들부들 떨었다.
고통이 느껴졌다.

이 녀석은 이 몸을 이끌고
몇 번의 생사를 넘어왔을까?
어쩌다 이렇게 된 것일까?
멍하니 물고기를 바라보았다.

핏기에 붉어진 한쪽 눈과
멀쩡하지만 생기를 잃은 다른 한 쪽 눈으로
내게 뭔가를 말하려는 것 같았다.

그리고 찢어진 물고기의 말은
이상하리만큼 또렷하게 전달되었다.

"살려주세요. 제발 저를 살려주세요!
도마에서 필사적으로 도망쳤지만
제가 도달한 곳은 결국 주방이었어요.
저를 먹을 건가요?
여기는 어디인가요?
현실은 시궁창이었어요.
시궁창에서 벗어났지만,
여기는 어디인가요?
조금 더 가면 폭포가 있겠죠?
저를 놓아주세요.
큰 쥐가 물 끝엔 결국 바다가 나온다고 했어요.
바다는 어디로 가야 하나요?"

여러 가지 말들을 두서없이 전달하고 있었다.
이 물고기는 나의 대답을 기다리는 듯 바라보고 있었다.

주변을 둘러보았다.
아무도 없었다…

나는 조심스레 물고기에게 말했다.

"여기는 저수지입니다. 바다는 아주 멀어서 갈 수가 없어요. 그리고 저는 당신을 먹지 않을 겁니다. 내가 놓아주어도 당신은 죽을 것입니다…"

물고기가 말했다.

"바다에 가고 싶어요."

나는 말했다.

"바다에 도달한다고 해도 당신은 이제 곧 죽습니다."

물고기는 차분했다.
미동도 없이 나를 바라보다 다시 이야기했다.

"알아요. 그래도 꼭 바다에 가고 싶어요. 큰 쥐가 꼭 바다에서 죽으라고 말했어요."

물고기의 감정이 내게 전달됐다.
그 감정을 설명하기엔 나는 너무 무지했다.
그 감정을 표현할 수 있는 말을 찾을 수 없었다.

"내가 바다로 데려다주고 싶습니다."

가능하면 죽기 전에 바다에 놓아주고 싶었다.
찢어진 물고기가
죽기 전에
바다를 보고 죽었으면 좋겠다고
생각했다.

나는 물고기를 비닐봉지에 물과 함께 넣고
차를 몰아 바다로 향했다.
비닐봉지에 넣은 찢어진 물고기는 점점 옆으로 눕기 시작했다.

'죽은 것인가?'

나는 마음속으로 물고기에게
조금 더 살아있어 줘,
조금만 더 가면 바다다,
내가 바다로 데려다줄게요,
마음속으로 외치며 속도를 올렸다.

나는 내가 경험한 이 찢어진 물고기에 관한 이야기를 글로 쓰고 싶었다.
그러기 전에 이 이야기의 마무리는 바다에서 이뤄져야 한다.

얼마나 달렸을까?
공기에 소금기가 느껴졌고 창밖으로 멀리 바다가 보였다.

바다 냄새가 내 마음을 더 급하게 만들었지만
철조망과 방파제가 쳐져 있어서
해변을 찾아 좀 더 달렸다.

드디어 해변에 내려 차 문을 열고 찢어진 물고기를 보았을 땐
물고기는 미동이 없었다.
부들거림도, 떨림도, 생기도…

나는 재빨리 찢어진 물고기를 바다에 놓아주었다.

파도가 나의 찢어진 물고기를 데리고 간 것인가?

석양에 해가 지고 있었고
핸드폰 플래시로 한참 찾아도
물고기는 온데간데없었다.

파도 사이에 희미하게 보이는 물고기 모양을 보았다.
바닷물에 손을 넣어 들어보니
물고기 모양의 썩은 나무가 있었다.

썩은 나무

—중식이

흐르는 물이 어디로 가는지 알 순 없지만
그 끝을 한번 보고 싶었어.

흐르는 물에 흐름은 읽지만 뛰어들 수 있지만
내 두 눈으로 끝을 한번 보고 싶었어.

흐르는 물에 담글 순 있지만 적실 수 있지만
수면에 비친 내 모습을 보고 싶었어.
나도 알고 있지만

나는 떠내려가는 썩은 나무다.
이 노랠 적어 가는 일기장처럼
힘껏 헤엄치는 저 물고기처럼
나는 떠내려가는 죽은 나무.

흐르는 물이 어디로 가는지 알고 있지만
끝을 한번 보고 싶었어.

나도 알고 있지만

흐르는 물이 어디로 가는지 알고 있지만
그 끝을 한번 보고 싶었어.

그들의 물에 껴들 수 있지만 뛰어들고 싶지만
난 끝을 향해 뛰고 있었어

흐르는 물을 가둘 순 있지만 아니 잡고 싶지만
수면에 비친 내 모습을 볼 수 없었어…
나도 알고 있지만

나는 떠내려가는 썩은 나무다.
이 노랠 적어 가는 일기장처럼
아니 왜 말을 못 해 벙어리처럼
나는 썩어가는 죽은 나무.

썩은 나무였나?
물고기였나?
살았나?
아니 애초에 죽어있었나?
그것이 중요할까?
나를 증명해 줄 누군가가 없다면 그것은 살아있는 것인가?
여전히 물고기는 누군가 도와주지 않으면 살아갈 수 없다.
그래서 나는 내가 만든 노래 중 심해어라는 물고기에게
부탁해 두었다.
나의 물고기를 도와달라고.

찢어진 물고기는 지느러미가 없어 잘 움직이지 못할 테지만
남아있는 하나의 눈으로 심해어 눈이 되어줄 것이고
심해어 물고기는 앞이 보이진 않지만 찢어진 물고기의
손과 발이 되어 도와줄 것이다.
눈이 없어 눈치 보지 않고 사는 물고기와
도마에서 바다까지 살아서 돌아온 엄청난 경험을 바탕으로
이 바다라는 큰물에서 아주 잘 헤쳐 나갈 것이다.

심해어

―중식이

여긴 물살이 너무 세.
여긴 텃새가 너무 세.
저 바위에 부딪혀 머리가 터질까?
아님 먹혀 버릴까?
나를 씹어 버릴까?
그럼 죽어버릴까?
이 큰물에 노는 물고기들이
잡아먹을까 두려워
나는 점점 바다 밑바닥으로 들어가
숨어버렸지.
그래서 지금껏 빛을 보지 못했다.
그래서 지금껏
내 얼굴도 이젠 잊어 버렸다.
나를 감싸는 어둠은
너무 차갑고 짙은 어둠이라
한 줄기 빛도 없었지
그래서 지금껏 나는 꿈이 없었다.
맞아 그래.
지금껏 나아갈 길도 찾은 적이 없었다.

이건 사는 게 아닌데
나는 죽은 게 아닌데
이 바닥에 처박혀 남 눈치만 보다가
홀로 외로우니까 뭔가 불안하니까
그냥 죽어버릴까?
이건 살아 있단 느낌이 없어.
내 가슴속이 뜨겁듯
여긴 점점 화끈거려.
뱃가죽이 밑이 울렁거리고
바닥이 찢어지고 땅을 토해내.
갈라진 틈 사이로
붉은 물고기가 내게 뛰어와.
뭐가 없던 나의 인생도
끝이구나 여기까지가.
뜨거운 물고기 떼 뜨거운 목소리로
이 바닥에서 도망쳐
죽어있던 니 삶을 찾아가라.

내가 살던 어둠을 지나
한 줄기의 빛이 보이네.
어둠 속에 감추고 살던
내 실체가 궁금했지만
저 빛은 너무 눈부셔
내가 살던 심해를 지나
빛이 나를 비추어 주네.
수면 위에 비추어지는
내 몰골이 궁금했지만
난 눈이 멀어 버렸지.

여긴 물살이 너무 세.
여긴 파도가 너무 세.
해변에 휩쓸려 머리가 터질까.
누가 먹어버릴까?
나를 씹는다 해도
뵈는 게 없으니
그 두려움 따윈 사라져 버렸지.

나를 쬐이는 햇빛과 다른
뜨거운 눈빛들은 분간이 안 돼.
난 장님이니까.
그래서 지금도 빛을 보지 못했다.
그래서 지금 또 살아
나가야 할 빛이 생겼다.

여긴 너무도 따뜻해.
여긴 공기도 산뜻해.
이젠 물맛도 깨끗해.
이젠 나도 좀 살듯해.

남은 얘기

방귀 뀌는 게 무서워…
지독한 냄새가 날까?
혹시 똥이 나오진 않을까?

이게 똥일까? 방귀일까…?
불안해…

아무도 안 보는 곳에서 살짝 뀌어 볼까?
아니야 나는 관종이라 조금은 누군가 알아줬으면 좋겠어.
내 방귀 소리를 들어줬으면 좋겠어.
아니야 아니야… 아무도 안 들었으면 좋겠어.
아 몰라…
똥이면 어쩌지?

오랫동안 똥일까, 무서워 뀌지 못했던 이야기.

도마에서 바다까지—

빨리 시원하게 쏴버리고 다음 똥을 싸야지.
싸본 놈만 아는 이야기를 또 준비해야지.

중식이의 일기장

도마 위의 모놀로그

나는 기회주의자였지만 지금껏 그리 큰 기회는 못 얻었던 것 같아.
뭘 줄 것처럼 하는 사람만 많았지 뭘 받은 적은 없어.
세상을 어렵게 말하는 사람들은 많았어.
세상은 참으로 단순, 간단했는데도 말이야.

내가 인생이 좀 풀리고 먹고 살 수 있기 시작했던 때는 어렵다고 일던,
어려울까 봐 미뤄두었던 일들을 그만 그만하고 그냥 해버리기 시작한
때부터였어.

세상은 단순해.
인간이 어려운 거야.
뭘 줄 것처럼 하는 사람들은 주지 않겠다는 뜻이야.

부정적인 사람을 설득하고
반대하는 사람을 이해하고
게으른 사람을 쥐어패서라도
이 번지르르한 말뿐인 사람들을 등에 업고라도
움직이자, 움직이다 보면 움직이는 사람을 만난다.
다른 세상은 다른 곳에 있고
그곳은 언제나 움직여야지만 갈 수 있다.

나는 기회주의자였지만

기회만 엿보고 있다가 사십 대가 되었어.
기회는 오는거 아니야.
가는거야.

너는 늙어봤나?
나는 젊어봤다.
아는 척하는 꼰대보다
모르는 척하는 꼰대가 더 악랄해.
'실패하지 않았으면 좋겠다'와
'괜히 간섭하지 말자'의 차이 같은?

'내가 해봐서 아는데'와
'해봐라, 그러다 좆된다'…

마음의 차이는 이렇게 크다.

결과는 너만 알고 있지.
니 인생 잘될 수도 있어.
근데 그 잔소리쟁이 늙은이, 그 마음, 그건 무시하지 마.

그 어른이 틀렸을 수도 있지만 그 마음은 네가 더 나은 길로 갔으면 하
는 마음일 수도 있어.

주비 형의 꿈을 이루자.
난 세상에 원하는 게 없지만 그는 세상에 원하는 게 있다. 그 사람만큼 내가 노래하는 의도를 이해하려는 사람은 없다. 그의 꿈을 이루자.
내가 그를 기다린 시간보다 그가 나를 기다린 시간이 더 많다. 내가 준비될 때까지 모든 걸 참고 기다린 사람이다.

예전에 한번 지방 행사에서 우리를 소개하는 개그맨 MC가 우리를 소개할때 웃기는 사람들처럼 묘사하며 등장시켰다. 추후 인터뷰들까지도 다소 조금 무시하는 듯한 뉘앙스? 기분 나쁘지 않았다. 나도 잘 티키타카 했다.

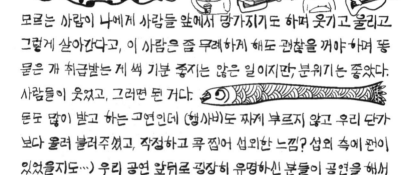

모르는 사람이 나에게 사람들 앞에서 망가지기도 하며 웃기고 울리고 그렇게 살아간다고, 이 사람은 좀 무례하게 해도 괜찮을 꺼야 하며 똥 묻은 개 취급받는 게 썩 기분 좋지는 않은 일이지만, 분위기는 좋았다. 사람들이 웃었고, 그러면 된 거다. 돈도 많이 받고 하는 공연인데 (행사비)도 짜게 부르지 않고 우리 단가보다 올려 불러주셨고, 작정하고 콕 찝어 섭외한 느낌? 섭외 측에 팬이 있었을지도⋯) 우리 공연 앞뒤로 굉장히 유명하신 분들이 공연을 해서인지 그 MC분도 우리만 무명이니, 안 유명 하니까 사람들에게 각인될 수 있게 인상에 남는 무대인사를 시켜주고 싶어서였을 것이다.

우릴 보며 신기한 듯 웃는 사람 중 관객석 맨 앞쪽에 불쾌한 얼굴로 화가 나 있는 낯익은 얼굴의 팬 한 분을 보게 되었다.

MC를 째려보며 표정이 굳어 있었다.
공연을 시작하고 굳은 표정은 펴진 듯하였으나, 노래를 집중하며 박수도 치고 즐기는 듯 보였으나, 맨 앞자리에 앉은 그분의 작은 표정들은 숨길 수 없었다.

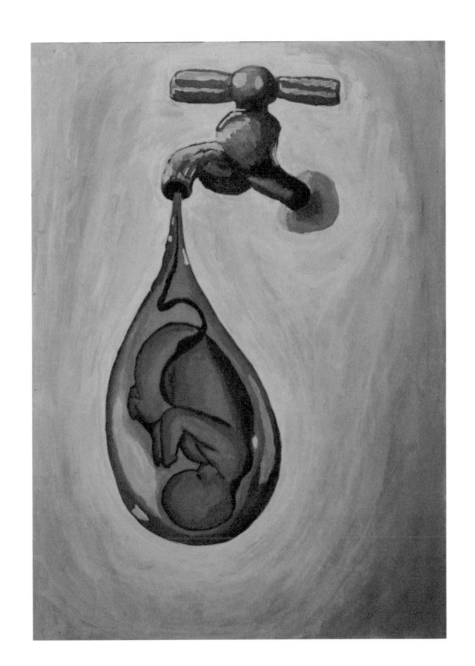

나는 공연에 집중하려 하였으나 노래를 부르는 내내 계속해서 머리에 맴돌았다. 공연이 끝난 후에도... 집에 오는 동안에도...

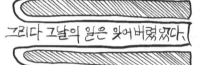

그러다 그날의 일은 잊어버렸었다.

몇 년이 지나 아침에 갑자기 그때 그 생각이 다시 들었다. 그때는 그 감정을 설명할 수 없었다. 이게 무슨 감정인지... 그때는 그 마음을 표현할 수 없었어.

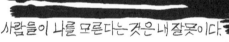

사람들이 나를 모른다는 것은 내 잘못이다. 내가 누구인지 뭐 하는 사람인지 뭘 했는지... 앞으로 뭘 하려고 하는지 ...

어떤 노래를 불렀나?

아, 그 노래가 이 사람이 부른 거구나?

왜 요즘은 활동 안 해요?

이런 소리 들리지 않게 내가 어떤 분위기를 가졌고, 열심히 후원하는 우리 팬들이 나를 어떻게 인지하고 있는지, 최소한 그분들이 속상하지는 않게 해야겠다.

세상이 날 몰라보는 것은 결국 내 잘못이다. 내 탓이오, 내 탓이오, 내 타시오, 네 타까오, 네 타까 ...

'우와!' 할 만한 작품을 못 만들어 낸 것이다.
'아직까지는'이라는 말을 할 수 있는 것에 감사하다.
아직 나에게는 계속 이 짓을 할 수 있는 기회가 있다.

내가 이 작은 무대 위에서 뛰어내려 더 큰 물에서 놀고 싶다는 마음으로 동화책 하나를 만들었다. 동화책 내용을 축소한 노래도 만들고, 그냥 잊히지 않는 새로운 형태의 앨범을 만들 생각이다.
사실 책을 생각한 이유는 책을 썼다는 이미지가 좀 고고해 보이고 간지나서?
나는 참 간사한 놈이다 ㅋㅋㅋ

황 학동에서 중고 딜도를 샀다.
'중고이니 누군가 사용한 거겠지?' 하고 냄새를 킁킁 맡아보니 아는 냄새였다.
그 냄새의 이름은 '외로움'이 었다. 오래된 중고 딜도이니만큼 그만큼 숙성된 냄새였다.
그래서인지 그 냄새의 이름은 그리움이다.

누군가를 그리워하는 마음도 외로움도 이제는 더럽게 느껴진다.
아, 첫사랑을 만난다고 하여도 다시 사랑하지 않을 자신이 있을까?

더러운 년이라고 했던 기억이 떠오른다.
나 몰래 내 친구들과 바람핀 못된 년.

어리고 순수했던 나의 첫사랑을 참으로 아프게 만들어 줬던...

하지만 그 애도 어렸지.
그 애도 모든 게 신기했고 재미있었겠지.

젊은 날로 돌아가 너를 다시 만난다고 해도 난 아마 너를 좋아할 것 같다.
네가 웃어만 줘도 난 너무 좋았으니...

동정을 파는 곳엔 한계가 있다.
동인생은 1시간 30분짜리 짧은 영화가 아니다.
노래는 더 빨리 끝난다.
인간이 인간에게 동정하는 시간은 더 짧다.

감정을 사고 싶다면... 내가 아닌 내 노래에 강렬한 인상을 실어 주는 것
이 더 효과적이다.

사면팔이가 지겨운 것은 당연하다.
나는 더 희망적으로 비추어줘야 한다.
솔직함으로 또다시 무장하자.

엄마의 몸속은 천국이다.
아빠의 몸속은 지옥이다.
그 속은 수없이 많은 내가 갇혀 있었고 모두가 아빠의 몸속을 도망치고
싶었다.
허나 엄마의 몸속은 오로지 나만을 위한 곳이었다.
태어난 모두는 다 지옥에 살다 천국으로 간 것이다.
우린 모두 재수 좋게 천국에 도달했고, 지옥에선 모두 평범하고 평등하
게 살다가 천국에 들어가자마자 특별해졌다.

아빠는 날 지옥에 가둬두었고, 엄마는 그 지옥에서 날 꺼내 주었다.
아빠는 권위적이었으며 엄마는 이해하고 공감해 주었다.
울 때는 엄마를 외치며 울었고, 아빠를 찾을 때는 위험할 때였다.
내가 꿈을 이야기할 때 아빠는 반대하셨고, 엄마는 걱정하셨다.
아빠는 돈을 어떻게 벌어야 하는지를 이야기하셨고, 엄마는 돈을 어떻
게 써야하는지를 이야기하셨다.
아빠는 책임감 없는 남자는 원망의 대상이 된단 걸 알려주셨고, 엄마는
아기를 낳고 나면 더 이상 인생의 주인이 내가 아니게 된다는 걸 알려
주셨다.

나는 아빠가 되고 싶지 않다.
난 그 모든 원망을 참으며 책임지고 싶지 않다.
사실 엄마가 되고 싶지、、

음이란 누군가가 되는 것이 아니다.
그저 나이가 든 것뿐이다.
늙었다 해서 꼭 늙은 누군가처럼 체면을 차리고 노련해진 것처럼, 점잖
은 것처럼 굴지 않아도 된다.
그냥 내가 더 나처럼 변한 것.

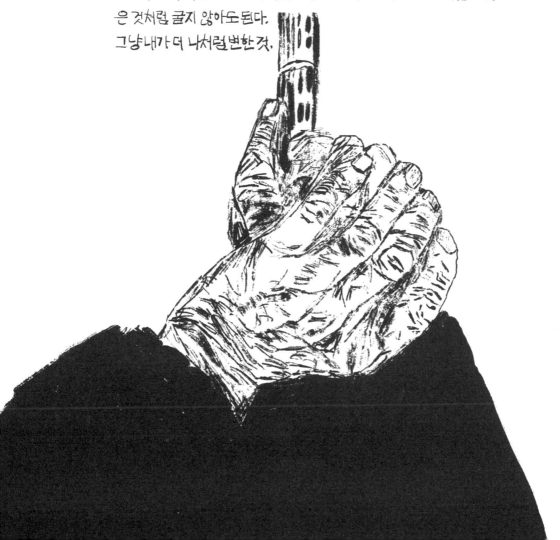

마음을 기억하는 것은 할수 없다.
그게 가능한 한 사람은 부처님뿐이다.
마음을 기억한다면, 그 마음으로 돌아갈 수 있다면 열정도 사랑도 무한
하게 할수 있다.
고통이 마음을 쓰지 않을 수 있는 사람은 유체 이탈이 가능할것이다.
손가락을 잘라내어도 아파하지 않는 이는 손가락에 대한 마음이 없는
것이다.
이별을 아파하지 않는 자는 소유에 집착하지 않는다.
극단적으로 이기적인 사람은 결국 너그러운 사람일지도 모른다.
모르쇠는 모른척하고 바보는바보인척이다.

그때 그 마음으로 돌아갈 수 있다면 치매가 걸린 거겠지.

내가 마음을 기억하기 위해 노래를 만들기 시작했다는 것을 알게 되었
을 때, 그 노래를 불러도 온전하게 기억하지 못한다는 것도 같이 알아
버렸기에

그 마음은 오로지 상기시키는 것
그 마음은 오로지 추측하는 것
같은영화를 보아도 처음본 그때처럼
감동이 오지 않는다는 것까지

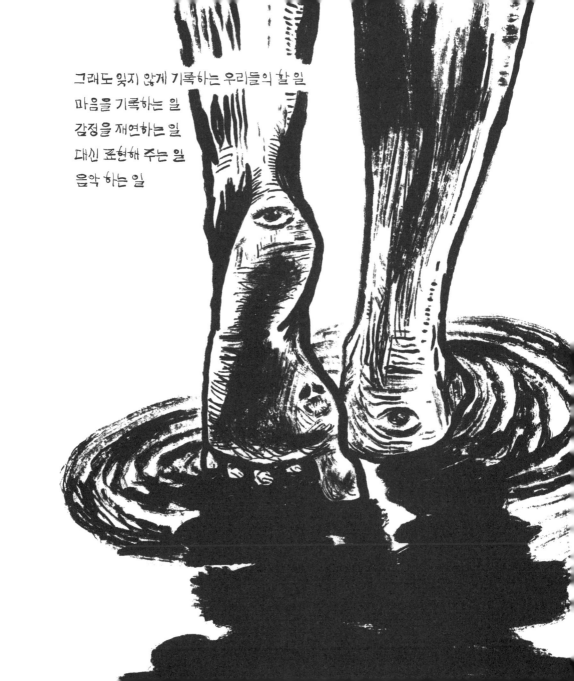

그래도 잊지 않게 기록하는 우리들의 할 일
마음을 기록하는 일
감정을 재연하는 일
대신 표현해 주는 일
음악 하는 일

우는 것은 눈물로 마음을 씻어내는 것이다.

다 울고 마음이 후련해졌다면 청소를 한번 해봐라.
청소를 마치고 상쾌해졌다면 씻어봐라. 눈물자국도 집 안에 먼지도 쓰
레기까지도.
다 치워버리고 정리가 끝나면 눈을 감고 명상한다...

후련해지고 상쾌해지고 깨끗해졌다.
후련해지고 상쾌해지고 깨끗해졌다.
후련해지고 상쾌해지고 깨끗해졌다.

이제 눈을 뜨면 너를 울린 일은 '해결할 수 없거나' '해결할 수 있거나'
'별일도 아니거나'로
나뉘어져 있을 것이다.

이빨에 고춧가루가 침범해도
혀는 이빨을 보듬어 줄 뿐이야
고춧가루가 입안에 침범해도 혀는 힘없이 이빨을 보듬어
줄 뿐이야
고춧가루는 그렇게 순찰만 도는 혀를 보고 혀를 찬다..

입 안에 움직일 수 있는 놈은 혀뿐인데
그 애가 무기력하다니

조만간 손톱이 오겠지?
그게 안되면 이쑤시개도 오겠지?
애꿎은 잇몸을 찌를 거야
아무 죄도 없는 잇몸은 피를 흘릴 테고
고춧가루는 핏속에 숨어 비웃겠지..

혀 그놈은 말뿐이더라
아무 고토모타죠

단단한 사람이 되고 싶었다.
허나 노력할수록 딱딱한 사람이 될 뿐이었다.

고지식하고 꽉 막힌 아저씨가 되어가는 '나' 를 보며 또
그렇게 변하게 하는 아이들이 싫었다.
경험 없고 뭘 모르며 불평만 하는 억울하기만 한,,
그래서 어린애들이 싫었다.
위태롭고 위험해 보이는 것이 마치 어린 날의 나를 보는
것 같아서,,
그런 애들이 옆에 있으면 난 더더욱 딱딱해져만 갔다
일이 틀어지면 내 책임이니까 잘못되면 내 잘못이니까
모든 것이 위험해 보였다 잔소리는 많아졌고 불안함으로
지쳐만 갔다

그럼에도 불구하고
단단한 사람이 되어야 한다고 생각했다
그러면 그럴수록 더 딱딱한 사람이 되어갔다

나는 더 유연한 사람이 돼야만 했다
그리하여 물렁한 취급을 받을지라도
조급함을 보여서도 아까워하는 모습도

시기와 질투도 부끄러움도 모르는 소년처럼 그렇지
유연하게 변해야 했다.

좋은 핑계도 있는데..
아티스트라는 허울좋은 포장

이제라도 알았으니 다행이다.. 라고 생각했지만
뭘 모르던 때로 돌아갈 순 없다
불가능한 일이다..

상처받지 않는 사람은 없다.
안 아픈 척하는 사람이 있었던 것뿐
아빠들이 그랬던 것 처럼
딱딱한 아버지로 변한 것처럼

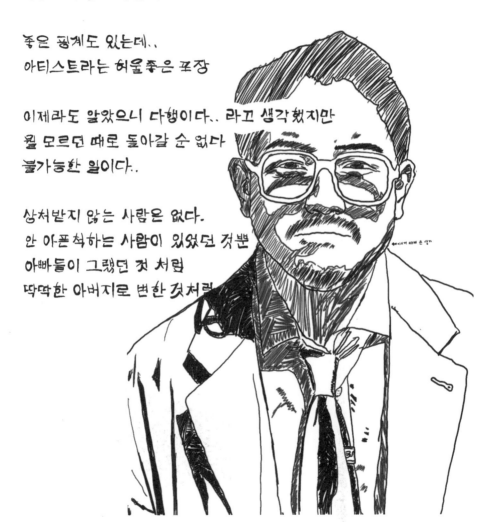

한장에 사진 안에서도 사면이 있어야 으뜸이오
대충이라도 예상이 되면 드라마다
느낌적인 느낌이란 말로 표현하면 뽀록이고
설명할 수 있어야 프로다
설명할 수 없지만 너무 아름답지 않아요? 로 네가
감성이 없어서 이런 걸 이해 못 하는 거야
이렇게 던져버리고 나면 와 뭔가 힙하다 함서 그들만의
리그가 되는 것이지 않나?

그것을 비주류라고 하는 것이다.

이제는 돈 없다 찡찡거리는 노래를 하고 싶지도 않고
심플하고도 철학적이며 또 온전히 예술적 가치를 부여할
수 있으며 또 어느 누구라도 이해하기 쉽고 개그 요소가
가미된 재미있는 작품이라 할 수 있는 작품 같은 작품을
만들고 싶다.

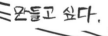

왜 내게 뽀뽀했을까?
왜 그 날의 기억이 나기는 할까?
그 손이 나를 잡은 건 어떤 의미였을까?
아마 누구에게나 그런 사람인 걸까?

그 사람 오늘은 짜장면 먹었다.. 어떤 의미일까?
내 이름이 중식이라서?
내 게시물에 좋아요 눌렀다..
난 아저씬데.. 왜 그럴까?
가지고 노는 걸까?
왜 나를 보며 웃는 걸까?
저 미소에 왜 또 내 마음은 녹아내리는 걸까?
왜 이리 설레는 걸까?
왜 가슴이 두근거릴까?
혹시 부정맥이 아닐까?
병원에 가볼까?
용기를 내볼까?
병원에 가볼까?
용기를 내볼까?
그녀가 노브라로 걸어온다
아. 나는 또 사랑에 빠진다.

남자가 문을 열고 들어와
'아! 이제 좀 쉬는구나' 하는 마음으로 누으려는데
문을 열고 들어온 남자에게 여자가 말했다.
이제 시작이다.

남자는 문을 두드리느라 진이 다 빠졌고 문만 열고
들어오면 다 끝날 줄 알았던 것이..
아! 이것이 연애

입시도 연애도 결혼도 취업도 육아도 섹스마저도

문을 여는 지 가장 힘든 것인 줄로만 알았건만..
세상은 말랑말랑하지 않다..

오늘은 나와 똑 닮은 낙지 탕탕이다.

어중간한 뮤지션은 감정 쓰레기통으로 전락한다.
가끔 내 목소리 듣고 싶어 전화 오는 곳도 많지만
술을 마시고서만 내가 생각나 전화 거는 사람들과
하루 종일 푸념을 들어 줬건만 술값은 내가 내야 하는
언제든 그만둘 것 같은 예술인 동생들..
그 푸념에 한마디 보태어 보니 돌아오는 말은..
"형은 다해봤잖아요"
마치 나는 모르는 고통을 느끼고 있는 '예술병'에 걸린
이들의 말을 듣고 있다보면
형은 다해봤는데도 이것밖에 안되는 사람으로 느껴진다
연애마저도
나와 인생을 도모하고 싶은 사람은 없었다.
그저 한 번쯤 놀다 자기도 자유로운 척 가면을 쓰고
무책임하게 인생 텡자 텡자같이 놀다
개떡같은 이유를 만들어 헤어지고
한 번도 놀아본 적, 나는 그런 적 없다는 듯 평범한 척
변신해 공무원, 월급쟁이를 만나고서야 안심하며 산다.
저렇게 연기를 잘하면 연기자나 하지..
내가 따먹었다고 좋아했는데 이 나이가 되어서야 알게
되었다.
내가 따먹힌 거였구나...

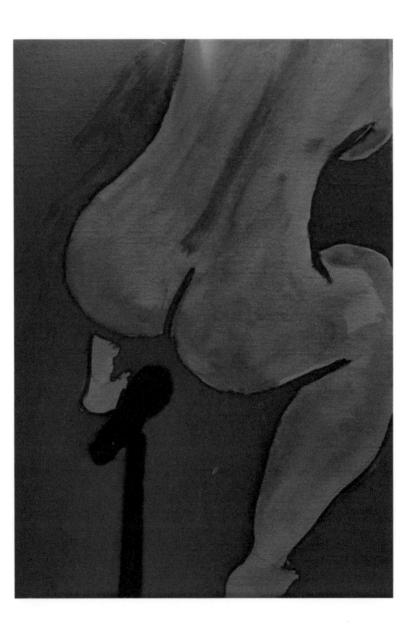

외부에서 볼 때는 자유롭고 행복해 보이는 빌어먹을 이
어중간한 뮤지션
중도 하차는 이제 불가능해진 나이
수돗물이 끊겨도 생수에 머리를 감으며 나와 같이
버텨줄 사람은 없는 것 같다.
말로만 사랑하지 모두 업혀갈려고 왔다가 허리 아프다는
말에 돌아서는구나..
씨발 외로운 길 이 어중간한 뮤지션
어중간한 뮤지션은 감정 쓰레기통으로 전락한다.
범접하지 못할 위치에 있으면 하소연도 못할 테지
인생이 너무 달라져 보이기에 공감도 못해 줄 테니
그건 또 그거대로 외롭네

근육은 신기루 같은 거였어 다 빠졌어..
다시 하면 금방 생기겠지
안 하면 금방 또 빠지겠지만..

계속 유지하는 사람은 대단해!
꾸준히 단백질 잘 챙겨 먹고
나한텐 그럴 힘이 없어

근손실이 그렇게 슬픈 이야기였나?
근육을 잃은 슬픔이 이렇게 큰 것이었나?
상실감이 그리 크진 않았는데
아 얻은 것이 있었구나
근육을 잃는 대신 지방을 얻었으니

Sns를 하는 이유는
사람들이 어찌 살아가는지 보려고
그들의 이야기를 보고 싶어
sns를 한다

인스타그램을 보면
실물과는 다른 얼굴, 몸매 자랑, 자극적인 주작 스토리
그리고 그 속에 포함되어 있는 광고
페이스북을 보면 각종 스팸과 정치, 이념, 철학, 종교..

그런데 당근 마켓을 보면
내가 보고 싶었던 사람들의 진짜 이야기가 있다

이제 그만 꿈을 포기하려 합니다
와이프가 버리라고 해서 눈물을 머금고
정리합니다.
아이들이 어느새 훌쩍 다 커버려 이제 더 이상 가지고
놀지 않아요
강아지가 무지개다리를 건넜습니다 필요하신 분
가져가세요
열심히 한다고 했는데 망했습니다 모두 처분합니다

아이러니하게도

비상업적 커뮤니티에서 가장 상업적인
가짜 이야기들이..

대놓고 상업적 커뮤니티에선
진짜 사람 사는 이야기들이..

키스해도 되냐는 질문이 얼마나
얼마나 멍청한 질문인지 알고 있는가?
허락을 구하는 길 보다
용서를 구하는 게 더 수월하다

아직 일어나지 않은 일을 이야기하는 것보다
이미 일어난 일을 수습하는 게 더 단순하거든

상상을 하게 만드는 것보다
이미 일어난 일의 문제점을 아는 것
그게 허락을 구하는 핵심이기에
결과를 모르는 자에게 허락을 구하는 것이 가장 어려운
일이다.

백 명의 사람에게 동의를 구해봐라 백 개의 아주 타당한
문제 제기가 나올 뿐이다.
백 명의 동의가 있어도 결국 결과에 책임은 본인이 진다.

이러나저러나 네 책임이다.
일어나지 않은 일에 동의를 구하는 것이
세상 가장 어려운 일 중에 하나일 것이다

동의를 구하기 위해 얼마나 많은 시간이 지체되었는가?
동의를 구하느라 에너끼를 다 쓰긴 않았는가?
그 시간 동안 심경의 변화가 오진 않았는가?
처음과 마음은 그대로인가? 동의를 받은 뒤에도 설렘 그
두근거림을 느낄 수 있는가??
동의하지 않는다면 하지 않을 것인가?
동의 받지 못해서 안 할 거라면.
아니! 왜 하고 싶지도 않은데 왜 물어본 거야?

그래서 결국 동의 없이 키스를 해버렸어..

"씨발 지금 뭐 하시는 거예요??"
라고 물어봐서

"허락을 구하는 걸 보다 용서를 구하는 게 더
수월하다"라고 대답한다면

"그런 말은 경찰서에 가서 이야기하시죠"
라는 말을 들겠지 혹시라도 그렇게 된다면 법정에서라도
꼭 용서를 구하길..

이거 읽고 어디 가서 술 먹고 키스 막 갈기고
중식이가 '물어보지 말고 키스 하라 했는데요!!'
너네 절대 이러면 안 된다!!

어휴~! 글의 맥락은 키스의 이야기가 아니잖아?

무언가 하려 할 때 결과가 무서워 조언을 구하고 동의를
얻고 하다 보면 일이 성사되지 않는다는 게 핵심이잖아
그리고
아무 일도 하지 않으면 아무 일도 일어나지 않는다
인생이 변화하려면 움직여야 한다

여자친구를 사귀려면 여자를 만나야 하고
마음에 들면 고백을 해야 하고 손도 잡아야 하고 뽀뽀도
해야 해 모든 단계 하나하나가 다 용기를 내야 한다.
거절당하는 게 두려워 아무것도 시도도 안 하다 보면
상대가 먼저 떠나가기 마련이다.

상대의 동의 없는 뽀뽀 및 키스는
강제추행죄가 성립될 수 있다.

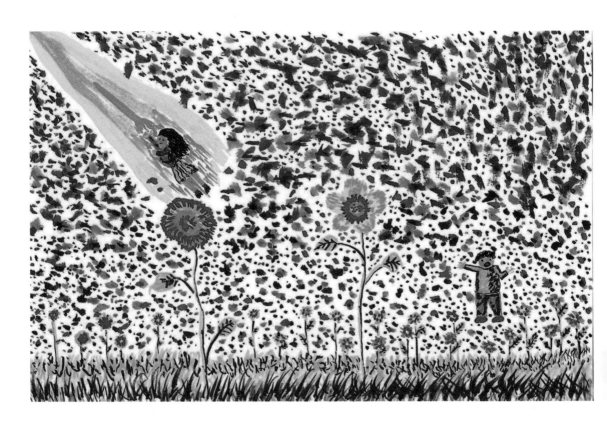

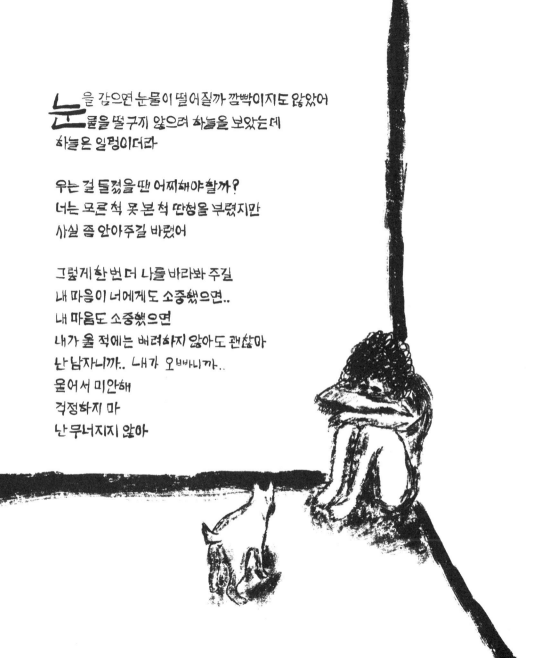

눈을 감으면 눈물이 떨어질까 깜빡이지도 않았어
눈물을 떨구지 않으려 하늘을 보았는데
하늘은 잉펑이더라

우는 걸 들켰을 땐 어찌해야할까?
너는 모른 척 못 본 척 딴청을 부렸지만
사실 좀 안아주길 바랬어

그렇게 한 번 더 나를 바라봐 주길
내 마음이 너에게도 소중했으면..
내 마음도 소중했으면
내가 올 적에는 배려하지 않아도 괜찮아
난 남자니까.. 내가 오빠니까..
울어서 미안해
걱정하지 마
난 무너지지 않아

사람들이 골동품을 좋아했으면 좋겠어.

왜냐면 사람들은 골동품의 가치를 사는 거잖아. 별로 쓸모없는 물건의 가치를 부여하는 거지

별로 쓸모없는 것에 의미를 부여하는 거, 노래가 원래 그런 거 같아 별로 쓸모없는 건데 가치를 부여하는 거야.

골동품이란 그 물건 안에 이야기를 사는 거야

그래. 이야기. 이야기가 주는 의미는 아주 커.

우리는 달에 간 것보다 화성에 간 것보다 주말 드라마에 더 관심을 두잖아?

이야기 시작부터 끝까지 이야기를 위한 이야기를 표현할 수 있는 모든 것을 하자.

도마에서 바다까지

—

초판 1쇄 발행   2024년 9월 25일

지 은 이   정중식
펴 낸 이   김채민

펴 낸 곳   힘찬북스
출판등록   제410-2017-000143호
주   소   서울특별시 마포구 망원로 94, 301호
전화번호   02-2272-2554   **팩스번호**   02-2272-2555
전자우편   hcbooks17@naver.com

—

—

ISBN 979-11-90227-49-0 03810